folio cadet ▪ premières lectures

D'APRÈS LA TRADUCTION DE JEAN-FRANÇOIS MÉNARD
Maquette : Barbara Kekus

ISBN : 978-2-07-062748-6
Titre original : *I Hate School*
Publié pour la première fois par Andersen Press Ltd., Londres
© Jeanne Willis 2003, pour le texte
© Tony Ross 2003, pour les illustrations
© Gallimard Jeunesse 2003, pour la traduction française, 2009, pour la présente édition
Numéro d'édition : 169227
Loi n° 49-956 du 16 juillet 1949 sur les publications destinées à la jeunesse
Dépôt légal : septembre 2009
Imprimé en France par I.M.E.

Je déteste l'école

Jeanne Willis • Tony Ross

GALLIMARD JEUNESSE

1

Une jolie fillette appelée Honora Bélétoile
refusait d'aller à l'école.
Elle voulait la brûler dans un feu d'enfer.
Quand je lui ai demandé pourquoi,
elle s'est mise en colère,
elle a jeté son chapeau par terre
et m'a dit d'une voix furieuse :

– Ma maîtresse est un crapaud gluant!
Ma classe est un trou puant!

À table on nous donne des vers de terre...
... et des crottes de lapin !

Alors, moi, je l'ai crue : Honora disait certainement la vérité. Sinon, pourquoi se cramponner à sa mère, pourquoi pleurer, taper du pied, sangloter ?

– Tes leçons ne sont pas amusantes?
On ne t'apprend pas à lire? lui ai-je
demandé.
– Oh non! On ne fait rien de tout ça, car
ils nous battent tout le temps! répondit-elle.

Ils nous jettent par la fenêtre,
nous font marcher sur du verre brisé...

... et ils nous coupent la tête
dès qu'on se met à parler.

2

– Tu as tout de même des amis ? lui ai-je demandé.

– Oh non ! dit-elle avec une grimace.

Mes amis sont des bandits,
de vrais pirates. Des affreux !

Des créatures terrifiantes, d'horribles
petits monstres, des fous furieux !
Ils m'ont attachée à une fusée
et ils m'ont envoyée sur Pluton.

Pas étonnant qu'Honora Bélétoile
ait l'air si grognon !
– Pourtant, il y a bien un joli bac à sable et
une piscine remplie d'eau bleue ? ai-je dit.
– Ce serait très bien,
m'a-t-elle dit,
si je pouvais y jouer
quand je veux.

Mais le bac à sable est un marais dégoûtant, on s'y enfonce comme dans de la purée !

Et la piscine est pleine de requins,
des requins mangeurs d'hommes,
je crois.

– Heureusement, il y a la gym,
tu aimes bien te balancer, ai-je dit.
– Oui, mais pas par le cou. Ils espèrent bien
m'étrangler! a-t-elle répondu.

– Mais je suis sûre que la sortie t'a plu.
Vous avez dû vous amuser comme des fous,
ai-je dit.
– On n'a pas eu le temps, le car
était plein de boue, a-t-elle dit.

Un tigre a attrapé notre maîtresse
et l'a ramenée chez lui pour la manger.
Mais pire, pire encore...

... Le marchand de glaces était fermé !

Pauvre Honora Bélétoile, obligée d'aller
à l'école chaque jour, sans que personne
ne vienne à son secours !

3

La première année a été atroce.
La maîtresse l'envoyait sur le toit dans
la neige, la pluie, le vent et, quand
elle tombait, raide comme un glaçon,
la maîtresse lui disait :
– Remonte immédiatement !

La deuxième année a été horrible...
Un jour, en classe de plein air,
une méchante sorcière l'a bousculée
et son œuf est tombé de sa cuillère.

Au dernier trimestre, un monstre est venu et il a gribouillé sur ses devoirs.

Personne ne l'a crue, le directeur était dans une colère noire.

4

Ah ça, oui, Honora Bélétoile a détesté l'école pendant des années, des années, des années.

Pourtant, le jour où elle est enfin sortie, elle s'est mise à pleurer, à pleurer.

– Qu'est-ce qui ne va pas ? Tu n'as plus besoin d'y aller, lui ai-je dit.

Mais Honora Bélétoile gémissait, sanglotait...

– C'est fou comme l'école va me manquer !
disait-elle.

Jeanne Willis est née en Angleterre en 1959. Elle a commencé à écrire dès qu'elle a su tenir un crayon. Après des études de littérature, elle a travaillé dans la publicité (pour la presse, le cinéma et la radio). Elle a aussi été scénariste pour la télévision. Elle est l'auteur de nombreux albums (*Le garçon qui avait perdu son nombril, J'étais comment quand j'étais bébé?, La promesse, N'aie pas peur!*, illustrés par Tony Ross, ou encore *Au pays des ours en peluche*, illustré par Susan Varley) et, plus récemment, de romans.
Jeanne Willis aime le jardinage et l'histoire naturelle. Elle vit à Londres avec son mari et leurs deux enfants.

L'illustrateur

Tony Ross est né à Londres en 1938. Après des études de dessin, il travaille dans la publicité. Devenu professeur à l'École des beaux-arts de Manchester, il révèle de nouveaux talents dont Susan Varley. En 1973, il publie ses premiers livres pour enfants. Sous des allures de rêveur fantaisiste et volontiers farceur, Tony Ross est un travailleur acharné : on lui doit des centaines d'albums, de couvertures, d'illustrations de fictions. L'abondance de son œuvre n'a d'égale que sa variété : capable de mettre son talent au service des textes des plus grands auteurs (Roald Dahl, Oscar Wilde, Paula Danziger), il est aussi le créateur d'albums inoubliables.

je commence à lire

Pour les jeunes apprentis lecteurs
Niveau 1

n° 1 par Quentin Blake

n° 2 par Tony Ross

n° 3 par Tony Ross

n° 4 par Emma Chichester Clark

n° 5 par Allan Ahlberg
et André Amstutz

folio cadet ▪ premières lectures

→  je lis tout seul

Pour les jeunes apprentis lecteurs
Niveau 2

n° 6 par Colin McNaughton

n° 7 par Jeanne Willis
et Tony Ross

n° 8 par Pef

n° 9 par Julia Donaldson
et Axel Scheffler

n° 10 par Janine Teisson
et Clément Devaux

folio cadet ▪ premières lectures